Este libro

pertenece a:

....

Puedes consultar nuestro catálogo en www.picarona.net

¡Mío!
Texto e ilustraciones: *Yang Dong*

1.ª edición: noviembre de 2018

Título original: *Mine!*

Traducción: *Joana Delgado*
Maquetación: *Montse Martín*
Corrección: *Sara Moreno*

© 2017, Yang Dong
(Reservados todos los derechos)
© 2017, The Salariya Book Co. Ltd.
Publicado por acuerdo con IMC Ag. Lit., España.
© 2018, Ediciones Obelisco, S.L.
www.edicionesobelisco.com
(Reservados los derechos para la lengua española)

Edita: Picarona, sello infantil de Ediciones Obelisco, S.L.
Collita, 23-25. Pol. Ind. Molí de la Bastida
08191 Rubí - Barcelona
Tel. 93 309 85 25 - Fax 93 309 85 23
E-mail: picarona@picarona.net

ISBN: 978-84-9145-198-3
Depósito Legal: B-23.339-2018

Printed in Spain

Impreso en España por ANMAN, Gràfiques del Vallès, S.L.
c/ Llobateres, 16-18, Tallers 7 - Nau 10.
Polígono Industrial Santiga.
08210 - Barberà del Vallès - Barcelona

¡mío!

Texto e ilustraciones:

Yang Dong

Picarona

Este año, por mi cumpleaños,
me han regalado un conejito.
¡Lo quiero muchísimo!

Lo llevo conmigo a todas partes.

Le hago pasteles para asegurarme
de que come bien.

Salgo a correr con él para que se mantenga en forma, y lo baño cada día.

Lo visto a la última moda

y presumo de él ante mis amigos.

Si yo fuera un conejito como él,
sería muy feliz.

Una noche soñé que la mascota era yo
y que era mi conejito quien me cuidaba.

Me abrazaba...

Me daba de comer...

Me sacaba a correr...

Me lavaba...

Y me llevaba a que conociera
a todos sus amigos.

Me desperté sintiéndome un poco asustada.

Y me di cuenta de que...

No lo había llegado a conocer de verdad.

De ahora en adelante, lo voy a cuidar mucho más.

Lo voy a respetar y voy a hacer que se sienta seguro.

Averiguaré qué es lo que realmente necesita...

y qué es lo que de verdad le gusta.

Porque él no es tan sólo
una mascota...

¡Es mi mejor amigo!